カンコさんのとくいわざ

角野栄子《かどのえいこ》・文《ぶん》　にしかわおさむ・絵《え》

アイウエ動物園《どうぶつえん》の　動物たちの　なふだが　かわりました。
キリンの　カンコさんは、あたらしい
自分《じぶん》のなふだを　みたくてたまりません。
せのびをして、首《くび》を　外《そと》にまげて、のぞきました。
そこには　こんなことが　かかれていました。
「キリン。なまえは　カンコさん。六《ろく》さい。どくしん。
キリンは　せかいいち　せいたかのっぽの動物です」

キリン
なまえは カンコさん。
6さい。どくしん。
キリンは せかいいち
せいたかのっぽの 動物です。

（せかいいちってことは　いちばんってことよね）
カンコさんは、「せかいいち」ということばが
すごく　気《き》にいりました。
カンコさんは　せのびして、
もっともっと　すごい
せかいいちになろうと　おもいました。

キリン
まえはカンコさん。

アイウエ動物園《どうぶつえん》の　園長《えんちょう》さんは、
朝《あさ》と夕《ゆう》がた二回《にかい》、動物園のなかを　みてあるきます。
フラミンゴが　ちゃんとダンスの　れんしゅうをしているか、
カピバラのおかあさんのおちちが
ちゃんとでているか、

オオカミの目《め》が　青《あお》くすんでいるか、
いろいろ気《き》をつかって　ひとめぐりするのです。

「こんにちは」って、声《こえ》をかけると、

「こんにちは、園長《えんちょう》さん」って
みんな元気《げんき》のいい　へんじをしてくれます。

すると　園長さんは　つづけていいます。

「いいたいことがあったら、えんりょしないで　いうんだよ」

けさ、園長《えんちょう》さんは、アライグマのホルくんに
「おはよ」って声《こえ》をかけて、
つづいてとなりの　キリンのカンコさんに、
「おは……」といいかけて、たちどまりました。
カンコさんは　四本《よんほん》のあしぜんぶで、つまさきだちしているのです。
首《くび》を　ぐぐっとのばして、しっぽも　ぴんとさせて、
せのびしています。

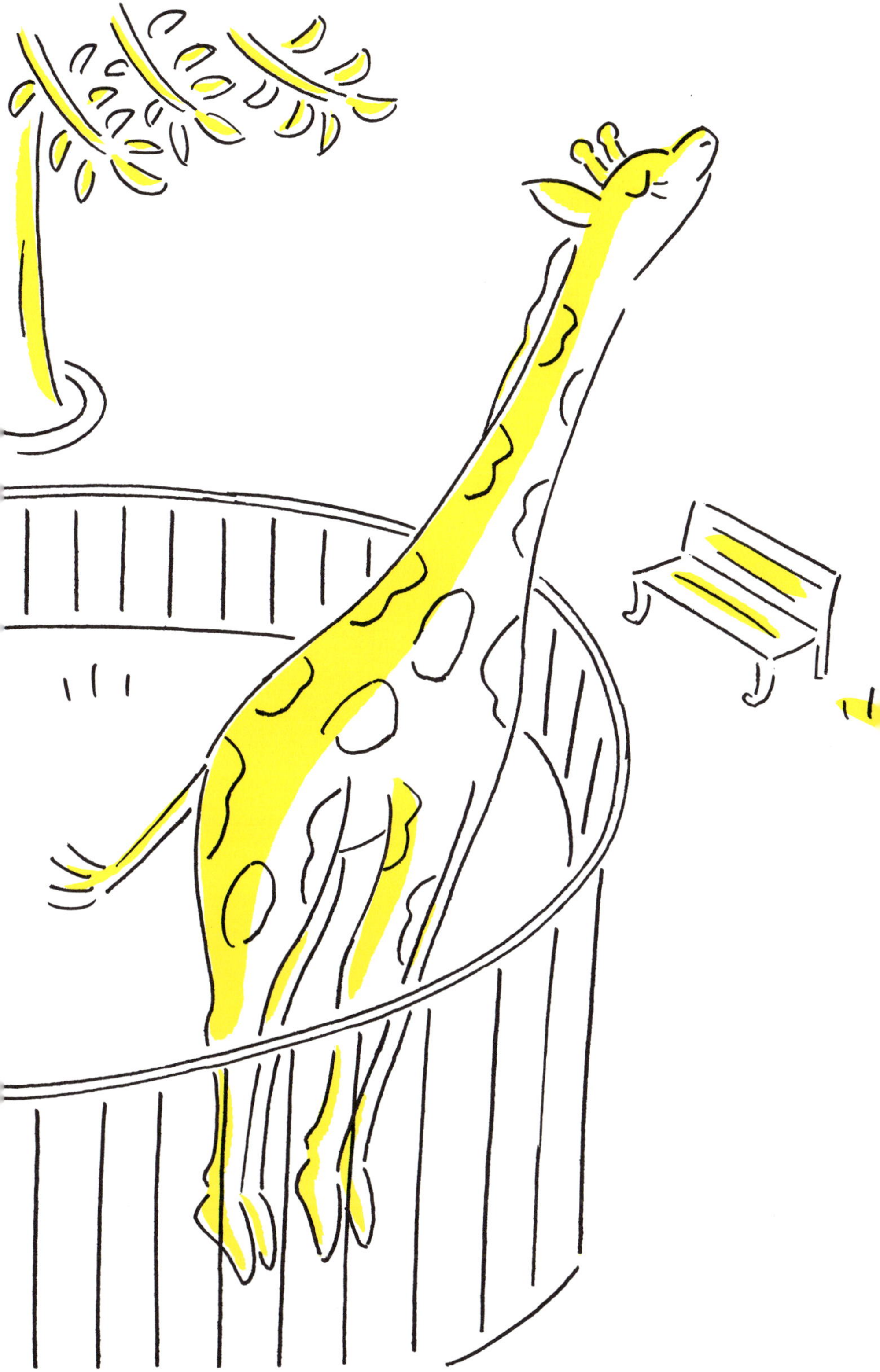

「カンコさん、そんなカチンコチンになってると、首《くび》がつかれるよ」
園長《えんちょう》さんは　いいました。
でもカンコさんは、空《そら》にむかって、
やじるしみたいに　たっています。

「きんにくつうになって、
あとがたいへんだよ」
園長さんは、いいました。

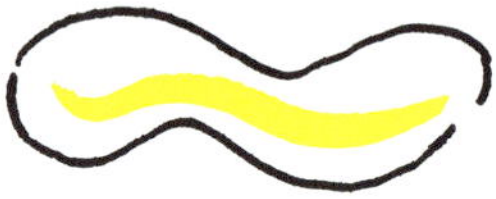

「カンコさん、カンコさん、かっこういいねえ。
モデルさんみたいだ」
動物園《どうぶつえん》のなかを　じゆうにあるきまわっている、
くじゃくのジャク氏《し》が　いいました。
カンコさんは　うれしそうに　まばたきしました。
「でも、たってるのがとくいわざかい。それだけかい」
カンコさんは　ぴんとたったまま、
かんがえました。

（どういわれてもいいわ、
せかいいちの　せいたかのっぽが、
わたしのとくいわざよ）
カンコさんは、　ますますせのびしました。

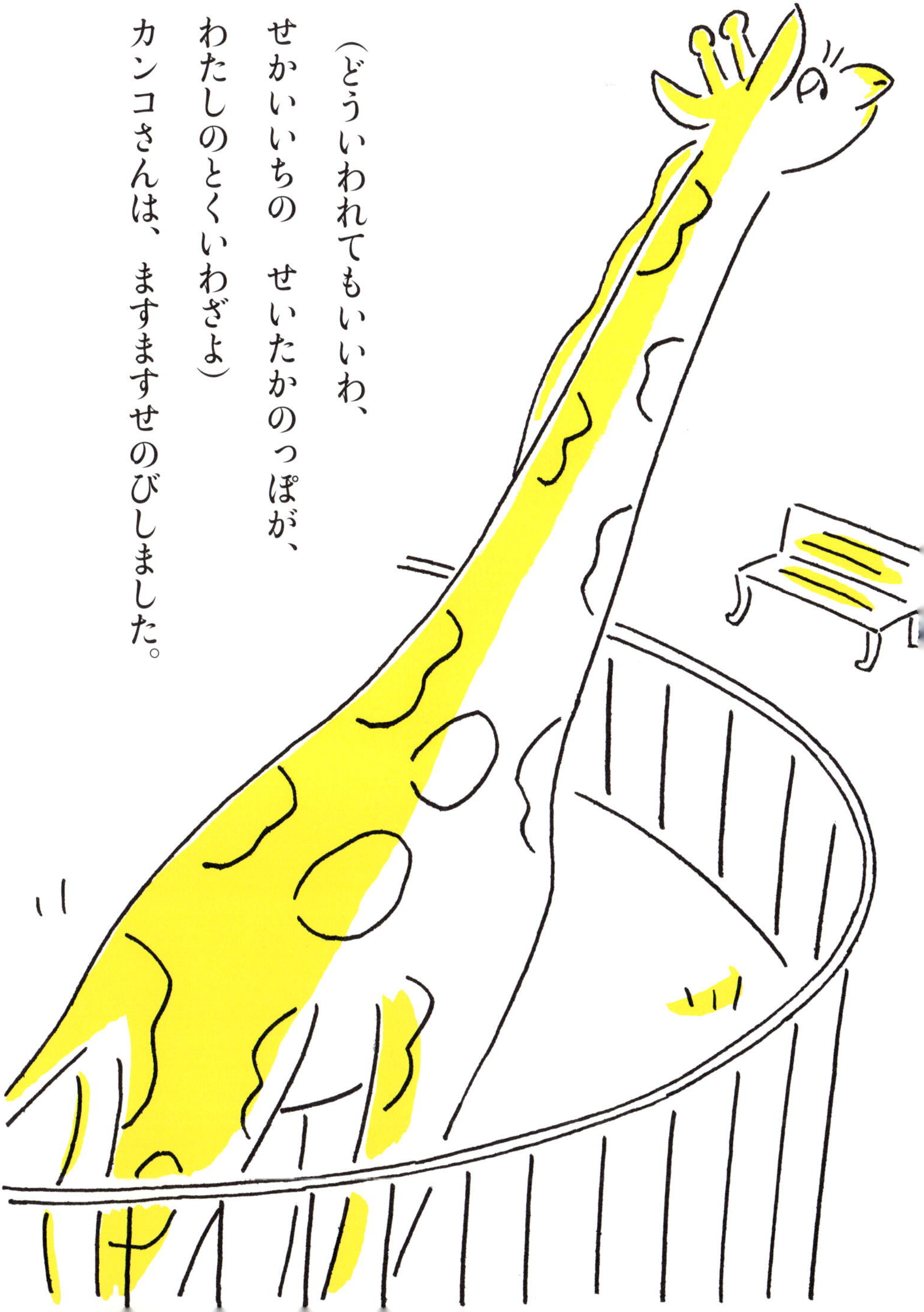

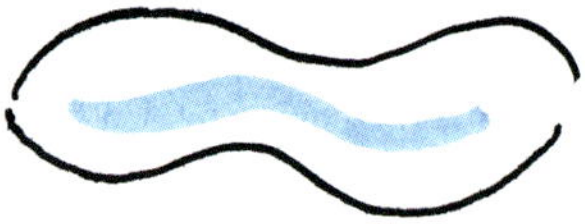

カンコさんのあしを　くすぐっているものがいます。
「やめてよ」
カンコさんは　あしを　らんぼうにふりました。
「カンコさん、なんでそんなに
がんばって　せのびしてるの？」
モグラのグラさんの　声《こえ》です。

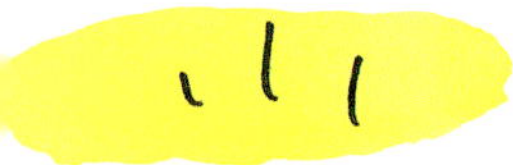

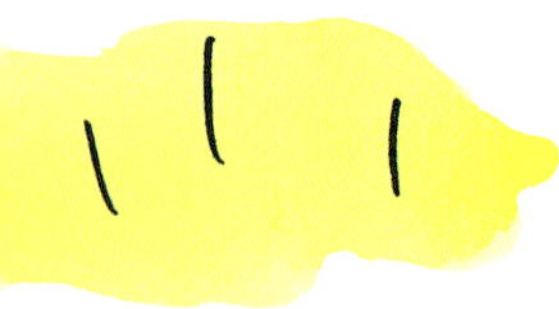

「もっと、もっと　せいたかのっぽのキリンに　なるつもりなの。
れんしゅうしてるのよ。ごしんぱいなく」
カンコさんは　下《した》もみないで　いいました。

「たいくつじゃないの？　わたしは、こんなちびでも、
けっこう　いそがしいんですよ。
カエルの冬《ふゆ》の家《いえ》を　つくってやったり、
ミミズの一家《いっか》に　やわらかいつちを　はこんであげたり。
ささやかだけど、これがわたしの　とくいわざでね。
カンコさん、からだはつかわなくちゃ。
たってるだけなんて……、いひひひ」

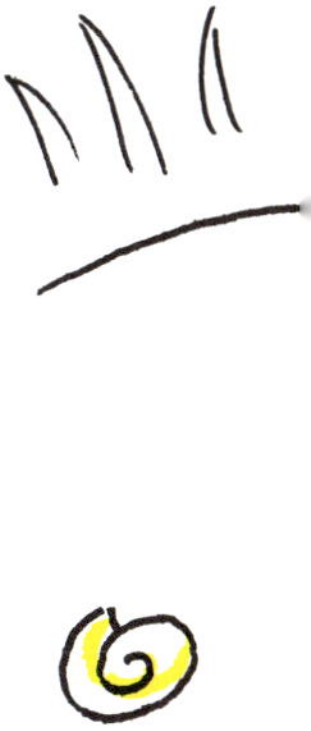

モグラのグラさんは　ばかにしたようにわらって、
つちに　もぐってしまいました。
カンコさんは、ぶー、おこりたくなりました。
（よけいなおせわよ。わたし、たいくつなんかしてないわ）

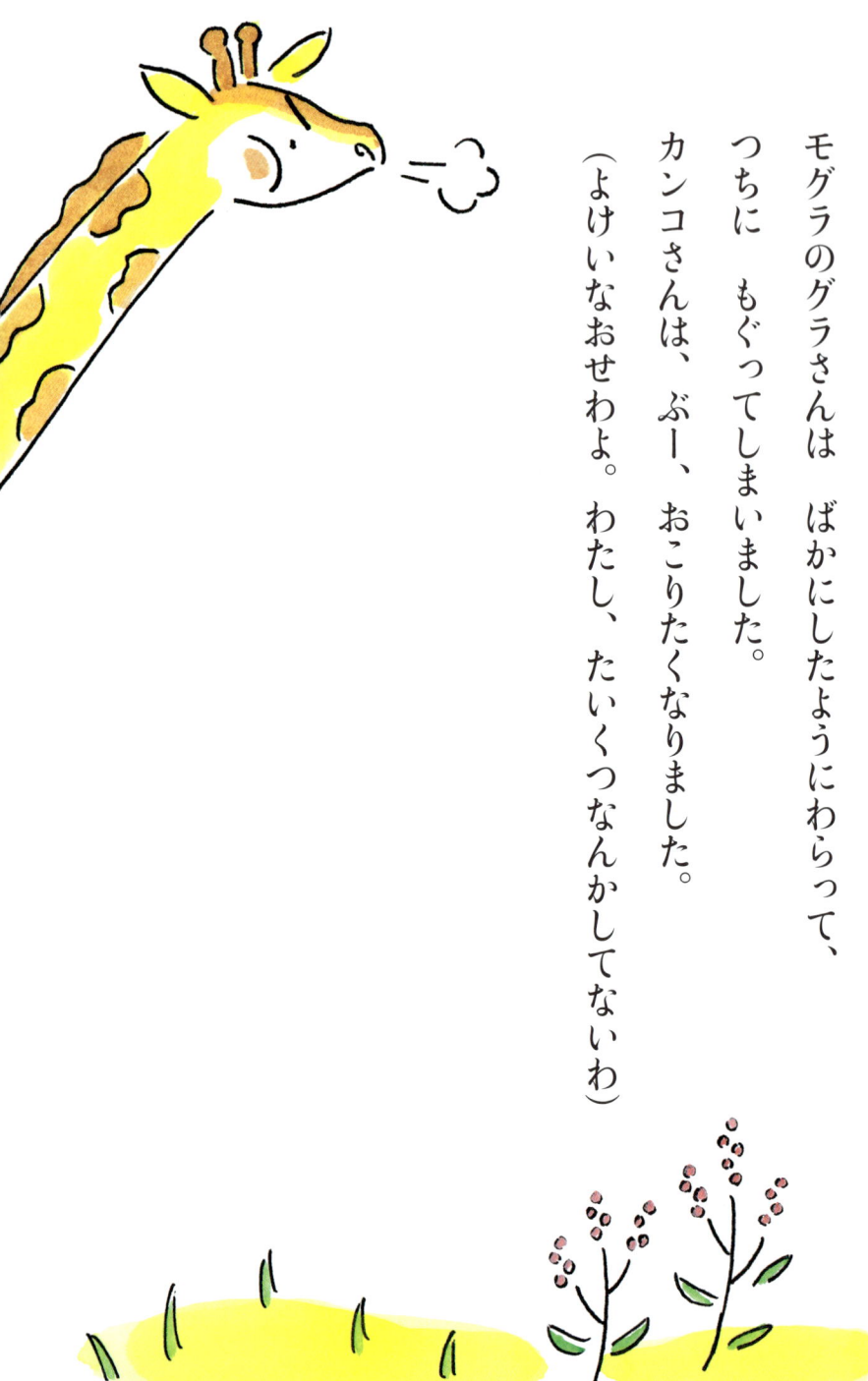

カンコさんは、きょうも　せすじをのばして、ぴんとたっています。
どうしたわけか、首《くび》が　おもいのです。
うごかすと、くきくきって　音《おと》がします。

「きんにくつうかしら?」
カンコさんは　口《くち》を、「あーうん」って　あけてみました。
カンコさんは　つまさきだちをやめ、
ゆっくり　目《め》をうごかしました。

町《まち》のむこう、はたけのむこうに　リンゴ園《えん》が　みえました。
まっかなリンゴは　いっぱいなっています。
ひとが脚立《きゃたつ》をのぼったり、おりたりして、
リンゴを　とっていました。
カンコさんは　じっとみていました。

「おはよ、カンコさん」
アイウエ動物園《どうぶつえん》の　園長《えんちょう》さんが　やってきました。
「きょうも　気《き》をつけを　つづけるつもりかい。よくあきないね」
園長さんは　いいました。

「ええ、でも、ちょっと……あきた、みたいなの」
カンコさんは　すこし首《くび》をすくめました。

「あそこにいって、あの赤《あか》い実《み》を　とりたいんだけど」

「あそこって？」

「ずっとむこう」

カンコさんは　すいっと　せのびしました。

「どれ、どれ」

園長《えんちょう》さんは　大《おお》いそぎで
ちかくの木《き》に　のぼりました。

とおくにちらっと　リンゴ園《えん》がみえます。

「でも、カンコさん、あれをとるには、脚立《きゃたつ》……」

園長《えんちょう》さんはいいかけて、
にやりとわらいました。
「では、とりに、いこうか」

園長《えんちょう》さんは　カンコさんのしっぽをつかみ、
せなかにのぼって、首《くび》にしがみつきました。
さあ、しゅっぱつです。
カンコさんは　せかいいちの　せいたかのっぽを　みせびらかして
のっしのっしと　あるきます。

バスのお客《きゃく》さんも　おどろいて　みています。
とおりをあるいていたひとが、カンコさんをみようと
きゅうに顔《かお》をあげたので、しりもちをついてしまいました。
電線工事《でんせんこうじ》のおにいさんたちは、すいっと手《て》をのばして
カンコさんの耳《みみ》をさわって、大《おお》よろこびです。

カンコさんは　のっしのっしとあるいて、
リンゴ園《えん》に　とうちゃくしました。
おじいさんと、おばあさんが
脚立《きゃたつ》をのぼったり、おりたりして、
リンゴをとっています。

「わたしと、
キリンのカンコさんに　リンゴをひとつ
いただけませんか」　園長《えんちょう》さんは　いいました。
「どうぞ、　どうぞ」

すると、　カンコさんはぐいっと顔《かお》をあげ、
口《くち》をぱくりとあけると、
リンゴを　ぱりんとかじりました。
園長《えんちょう》さんも　カンコさんに
しがみつきながら、　手《て》をのばして、
リンゴをとりました。

「ほほー」
おじいさんと、おばあさんは
かんしんして、カンコさんをみています。

「せがたかいって、べんりなもんだなあ」

「のぼったり、おりたりしなくって　いいんですねえ。うらやましい」

「じゃ、のってみますか？」園長《えんちょう》さんが　いいました。

「あら、ほんと？」

園長さんは、カンコさんの　せなかから　手《て》をのばして、おばあさんと、おじいさんを　ひっぱりあげました。

おじいさんが　カンコさんの
せなかの上《うえ》にたって、リンゴをとると、
おばあさんは　もっているふくろに
つぎつぎ　いれていきました。
一本《いっぽん》の木《き》のリンゴを　とりおわると、
カンコさんは　つぎの木に　いどうします。
「まあ、このまま　となりの木にいけるなんて、
なんてらくちん！」
おじいさんも、おばあさんも　大《おお》よろこびです。
カンコさんは　三人《さんにん》をのせたまま、のっしのっしとあるきまわりました。

「せがたかいって、ほんとうに、すばらしい」
おじいさんと、おばあさんが　いいました。
カンコさんは　ひときわかっこうよく　首《くび》をのばしました。
「これが、カンコさんの　とくいわざです。
なにしろ　せかいいち　せいたかのっぽの　動物《どうぶつ》ですから」
園長《えんちょう》さんも　いばっています。

夕《ゆう》がたに　なりました。
リンゴのとりいれは　すっかりおわりました。
「おかげで、しごとが　はやくおわりました！」
おじいさんは　いいました。

「わたしたち、どうやって　おりたらいいかしら」
おばあさんは　下《した》をみて　いいました。
あしが　ふるえています。
「とびおりるのさ」
おじいさんが　いいました。
「とんでもない。けがしちゃうわ！」
おばあさんは　カンコさんに　しがみつきました。

するとカンコさんは　だまって　首《くび》を　下《した》におろしました。
やじるしみたいだった　カンコさんが　三角形《さんかくけい》になりました。
「さ、おすべりで、どうぞ」
園長《えんちょう》さんは　いいました。
「おや、まあ、おすべりですって！　なんて　すてき！」
おじいさんと　おばあさんは
カンコさんの首を　すべりおりました。
大《おお》よろこびです。

「これ、おみやげよ」
おじいさんと、おばあさんは
リンゴのいっぱいはいった　ふくろを
カンコさんの　首《くび》に　さげてくれました。

動物園《どうぶつえん》に　かえった　カンコさんは
ひとつずつ　おりをまわって、
リンゴを　くばって　あるきました。
みんな　大《おお》よろこびです。
リンゴが　きらいな　動物は　いないみたい。
みんな　おいしそうに　たべています。

カンコさんは　首《くび》を　ひくく　さげて、
モグラのグラさんにも　あげました。
「カエルや、ミミズにも　わけてあげよう」
グラさんは　いいました。
それから「アイウエ動物園《どうぶつえん》」の食堂《しょくどう》に
こんな　紙《かみ》がはりだされました。
「アップルパイ　季節限定《きせつげんてい》メニュー。
カンコさんのご厚意《こうい》により、とくべつサービス。
むりょうです」

アップルパイ
季節限定メニュー。
カンコさんのご厚意により とくべつサービス。
むりょうです。

カンコさんは　せかいいちの　のっぽさんポーズのほかに、
もうひとつ　とくいわざができました。
それは　せかいいちの　三角形《さんかくけい》ポーズです。
とっても　にんきです。お客《きゃく》さんも、　動物《どうぶつ》も
まねをしたがります。

でもね、園長《えんちょう》さんには　きんにくつうになった、
カンコさんの首《くび》を　マッサージする　しごとがふえました。

アイウエ動物園ものしり百科6

キリン

世《せ》界《かい》一《いち》、せいたかのっぽ！

キリンは世界でもっとも背《せ》の高《たか》い動物《どうぶつ》で、おとなのオスは4メートル以上《いじょう》にもなる。ほかの草食《そうしょく》動物がとどかない、高い木の葉《は》っぱなどを食べるよ。キリンの首《くび》の長《なが》さは2メートル以上あるけれど、骨《ほね》の数《かず》は、ほかのほとんどのほ乳《にゅう》動物とおなじ7こ。ひとつひとつの骨が、25センチ以上もあるからね。

からだのもようのひみつ！

日本の動物園《どうぶつえん》にいるキリンは、アミメキリン、マサイキリン、ケープキリンの3種類《しゅるい》。それぞれ、からだのあみめもようがちがうよ。キリンのからだのあみめもようには、こかげに入ると、ほかの動物から見つけられにくいという効果《こうか》があるんだって。だから、サバンナで身《み》を守《まも》れるんだね。

キリンは立ったままねむる！

キリンはすわると、長い首と足がじゃまになって、立つまでに時間《じかん》がかかってしまう。そうすると、ライオンなどにおそわれたときに、すぐにげられなくてこまるから、ふつうは立ったままねむるよ。ねむるときは目をつぶるとはかぎらない。だから、動物園でキリンが立ちどまったまま、ゆらゆら船《ふね》をこいでいるように見えたら、ねむっているのかもしれないね！

名前の由来《ゆらい》

キリンの名前は、想像上《そうぞうじょう》の動物、「麒麟（きりん）」に由来するよ。麒麟は、顔《かお》はりゅう、からだはシカ、しっぽはウシ、ひづめとたてがみはウマににていて、よいことがおこる前にあらわれると信《しん》じられていたんだって。日本の動物園にキリンがやってきたとき、この麒麟にちなんで、名づけられたんだよ。

キリンのなき声

キリンがなくのを聞いたことある？　キリンはウシににたひくい声で「モー」となくといわれているんだけど……。めったになかないため、動物園ではたらくひとでもキリンのなき声をきいたことがあるひとは、ほとんどいないんだって！

文・角野栄子

かどのえいこ

１９３５年東京生まれ。児童文学作家。
『わたしのママはしずかさん』（偕成社）と
『ズボン船長さんの話』（福音館書店）で路傍の石文学賞、
『大どろぼうブラブラ氏』（講談社）で産経児童出版文化賞大賞、
『魔女の宅急便』（福音館書店）で野間児童文芸賞、小学館文学賞、
ＪＢＢＹオナーリスト文学作品賞を受賞。
このほかにも、「小さなお化けシリーズ」（ポプラ社）など、
多数の読みものや絵本、翻訳を手がける。
２０１８年、「ちいさなノーベル賞」とも呼ばれる
国際アンデルセン賞・作家賞を受賞した。
２０２３年、第33回紫式部文学賞を受賞。
２０２３年11月３日より
【魔法の文学館】（江戸川区角野栄子児童文学館）がオープン！

絵・にしかわおさむ

１９４０年福岡生まれ。絵本作家・画家。
「大だこマストン」シリーズ（ぎょうせい）、
「10ぴきのおばけ」シリーズ（ひかりのくに）、
『こぐまと二ひきのまもの』（童心社）など、
ユニークなキャラクターを描くのが得意。
『ぼくがパジャマにきがえていると』（ＰＨＰ研究所）や
『ツトムとまほうのバス』
『おとうさんとさんぽ』（ともに教育画劇）ほか
刊行作品は多数。
角野栄子さんとのコンビに
『ネッシーのおむこさん』（金の星社）
『ハナさんのおきゃくさま』（福音館書店）など。

カンコさんのとくいわざ

発行日——2011年 8月 4日 第1刷
2023年 11月 3日 第3刷

文——角野栄子
絵——にしかわおさむ

発行人——落合恵子
発行——クレヨンハウス
〒180・0004
東京都武蔵野市吉祥寺本町2・15・6
電話 0422・27・6759
ファックス 0422・27・6907
e-mail shuppan@crayonhouse.co.jp
URL https://www.crayonhouse.co.jp

装幀——杉坂和俊
印刷——中央精版印刷

ISBN978-4-86101-193-1
NDC913 22×15cm 64p

アイウエ動物園へようこそ!

角野栄子・文
にしかわおさむ・絵

① モコモコちゃん家出する

② わにのニニくんのゆめ

③ しろくまのアンヨくん

④ まるこさんのおねがい

⑤ いっぽんくんのひとりごと

⑥ カンコさんのとくいわざ

⑦ マリアさんのトントントトンタ

クレヨンハウスの幼年童話シリーズ

どれから読んでもたのしいよ